LA

NUIT DES FÉES

OU

LE COUVENT DE MÉDOUX

POÈME

PAR

BARANDEGUY-DUPONT,

PARIS,

CHEZ LEDOYEN, LIBRAIRE,

Palais-Royal, Galerie d'Orléans, 31.

A BAGNÈRES DE BIGORRE.

Bagnère, où de mes jours commença la jeune Aube!
A mes regrets en vain l'Absence te dérobe;
Dans mes frais Souvenirs je sais te retrouver;
Et, pareil à l'Isard qui descend vers ton Fleuve,
Moi, je cherche, vers toi, la Source où je m'abreuve,
Et je m'arrête pour rêver...

✻—✻

Et la Muse aussitôt murmure à mon oreille
Ces noms plus doux pour moi qu'un murmure d'Abeille;
Asté, Gerde, Médoux, et toi, cher Beaudean!
Ces noms, comme autrefois, ma bouche les épèle;
Et j'entends, vers les Monts, l'Adour qui me rappelle
Aux Solitudes de Campan!

✻—✻

Alors je revois tout; le Fleuve, la Colline,
Le Saule, aux bords des eaux, qui s'abreuve et s'incline,

Les Roses de l'Aurore, et les Ombres du soir;
Mon Ame, sur les Monts, respire plus à l'aise;
Et j'évoque mes Jours au pied du vieux Melèze
Où, tout enfant, j'allais m'asseoir.

⁂—⁂

Et ces Jours, tour à tour, leur couronne à la tête,
Passent devant mes yeux, comme en habits de fête,
Joyeux, et me nommant mes joyeux Compagnons...
Compagnons de ma vie, à ce premier voyage,
Je vous appelle en vain; et l'Écho du Rivage
Hélas! ne redit plus vos noms!

⁂—⁂

Les Uns, blonds Passagers séduits par l'onde amère,
Le front humide encor des baisers d'une Mère,
Ont sombré dans le Port, quand la Voile s'enflait;
Les Autres, vieux Nochers sur la Vague du Monde,
Pleurant leurs beaux Printemps, cherchent en vain, sur l'onde,
L'heureux Port qui les rappelait.

⁂—⁂

Eh! quand ils reverraient ce Port, après l'Orage,
Y retrouveraient-ils, en touchant le Rivage,

L'Hôtesse du Départ, l'Espérance à l'œil bleu,
Qui, partie avec eux, au souffle qui se lève,
Mourut, pauvre Exilée, en pleurant son doux Rêve
Qui, pourtant, demandait si peu ?

✻—✻

Ainsi la Nuit reprend ce que le Jour nous donne !
L'Arbre en Fleur au Printemps, se flétrit en Automne ;
Chaque heure, chaque instant, nous enlève un Espoir ;
Et l'homme, qu'ici-bas la tombe sollicite,
Pour respirer ces jours, qui se fanent si vite,
S'arrête un moment vers le Soir.

✻—✻

Et je me dis : Bagnère, où brilla ma jeune Aube !
A mes regrets en vain l'absence te dérobe,
Dans mes frais Souvenirs je sais te retrouver ;
Et, pareil à l'Isard qui descend vers ton Fleuve,
Moi, je cherche, vers toi, la Source où je m'abreuve...
Et je m'arrête pour rêver !

. . . .

« Le *Merveilleux*, *les Génies*, *les Fées*, ont hérité, dans « le Moyen-Age, de la vénération accordée par les Pyré- « nées aux antiques divinités... le Pic d'Anie est habité par « un Génie solitaire... Les Fées habitent dans les caver- « nes les plus ignorées, au fond des Forêts, sur le bord des « Fontaines; il y en a au Pic de Bergons, près de Luz; « elles transforment, en un instant, en fil le plus fin, le lin « que l'on dépose à l'entrée de leur Grotte... La nuit du « 31 décembre, au 1er janvier, les Fées visitent les maisons « de leurs adorateurs, elles leurs portent le *bonheur dans « leur main droite;* et *le malheur est placé dans leur « main gauche.* On a eu soin de leur préparer un Repas « dans une chambre reculée, dont on ouvre les portes et « les fenêtres... le 1er janvier, au point du jour, le *Père*, « l'*Ancien*, le *Maître* de la Maison, prend le pain qui a « été présenté aux Fées, le rompt, et après l'avoir trempé « dans l'eau ou dans le vin que contenait le vase mis sur « la table, il le distribue à tous ceux de sa famille, et même « à ses Serviteurs. On se souhaite alors une bonne année « et l'on déjeune avec ce pain. » (LABOULINIÈRE : *Itinéraire des Hautes-Pyrénées*, T. 3, P. 392.)

MONTMARTRE. — IMP. PILLOY FRÈRES ET Ce,
Boulevard Pigale, 50.

LA NUIT DES FÉES.

Voyez ! le beau Vallon a perdu son sourire !
Sous un frein de glaçon, l'Onde à peine soupire ;
Et, du Val de Campan, jusqu'aux Pics d'alentour,
L'Hiver seul, règne en maître aux rives de l'Adour !
Tout s'éteint, tout se meurt ; seulement, dans l'epace,
Entendez-vous ce son qui s'élève et qui passe ?
C'est l'Airain qui s'ébranle au Couvent de Médoux !
Minuit sonne ; et sa voix, sur l'Airain triste et doux,
S'élève lentement de la sainte Demeure,
Comme une Voix des Nuits qui gémit et qui pleure !

Habitants du Vallon ! entendez cet appel !
Voyez ; l'Hiver est dur ; la Nuit couvre le Ciel ;
Pas un arbre au dehors, pas un abri de mousse,
Que l'Aquilon ne fouette et que le froid n'émousse :
Ouvrez ! l'heure a sonné ! quel serait votre deuil
Si quelque Fée, en vain, heurtait à votre seuil,
Quand, du Pic de Bergons, et du sommet d'Anie,
Campan voit cette nuit leur troupe réunie

Descendre, et vous porter, sous le toit des Aïeux,
La joie et le bonheur qui rit dans leurs beaux yeux!
Ouvrez! n'attendez pas que le froid les atteigne,
Ou qu'un Gnôme méchant, en passant, les étreigne.
Ouvrez! et laissez-les, au foyer du logis,
Chauffer leurs petits doigts que le givre a rougis!
L'Appel est entendu! Voyez cette Lumière
Qui brille vers Médoux, là-bas, dans la Chaumière
Où l'honnête Bertha, si dévote aux Follets,
A ces hôtes des Nuits vient d'ouvrir ses volets!
Près de l'âtre, où le Vent s'engouffre par bouffées,
Voyez-la, se hâtant pour le Repas des Fées,
Sortir d'un vieux tiroir son linge le plus beau,
Et placer sur la table, auprès d'un escabeau,
Le Pain de pur froment, le miel de ses Abeilles,
Le laitage épaissi dans le jonc des corbeilles.
Si son Époux vivait, l'ardent Chasseur d'Isard!
Aux dons de son hôtesse il eût joint, pour sa part,
La fraîche Venaison que le Chasseur dépose...
Mais sa Veuve aujourd'hui qui de si peu dispose,
Du nocturne Repas bornant là les apprêts,
Vers la Chambre à côté, s'éloigne à pas discrets;
Car la Fée, en entrant, n'admet à ses Mystères
Que le Grillon, ami des foyers solitaires;
Et Bertha ne doit plus, qu'au rayon du Matin,
Rompre le Pain du Pauvre, offert à ce Festin!
Et sa voix murmurait: « Blancs Esprits des Vallées,
« Des Côteaux, des Grands-Monts, des Grottes reculées,

« Vous qui, le front penché le soir, près des Ruisseaux,
« Mêlez un chant plaintif au murmure des eaux ;
« Vous qui changez soudain, en trames les plus fines
« Le Lin qu'on pose aux bords de vos Grottes divines,
« Blancs Esprits qui, vers nous, descendez cette Nuit,
« Ne daignerez-vous pas visiter mon réduit ?
« Mes Présents ne sont rien ; mais au Pauvre on pardonne,
« Lorsque, le peu qu'il a, c'est le cœur qui le donne.
« Vous qui gardez du Vent le Nid à peine éclos,
« Écartez le Malheur de mon petit enclos ;
« Gardez qu'un Maître altier jamais ne m'en dépouille ;
« Et jetez un regard sur mon humble quenouille ! »

Ainsi priait Bertha ; mais voilà qu'à l'instant,
Vers la chambre, près d'elle, un bruit confus s'entend !...
Ce sont les Déités !... Bertha se signe et tremble ;
Lorsqu'une voix, pareille au Zéphir dans le tremble ;
« Bertha ! le Bien qu'on fait mérite seul nos dons :
« Approche ; et prends des mains que vers toi nous tendons,
« Comme un Oiseau tombé des dernières Couvées,
« Ce Dépôt que, plus tard, réclameront les Fées ! »

Et Bertha, qui se trouble au son de cette voix,
Approche, hésite encor, se signe par trois fois,
Regarde et, tout d'abord, dans la chambre voisine
Cherche, et ne voit auprès du flambeau de résine

Que les mêmes apprêts ; la table, le Foyer
Où le Grillon lui seul chante pour s'égayer ;
Mais avançant encor sa tête qu'elle penche,
Elle voit à l'écart... comme une Écharpe blanche !
Sa main court la saisir... mais que devint Bertha
Quand le tissu léger sous sa main s'écarta
Et fit voir à ses yeux, près du feu qui pétille,
Un Enfant nouveau-né, toute petite Fille,
Qui dort dans son Berceau, par son souffle agité,
Comme un Bouvreuil au nid que sa mère a quitté !
Et Bertha, cette fois ravie, et non craintive,
L'œil fixé sur l'Enfant qui déjà la captive,
« Bel Enfant ! » lui dit-elle, en le berçant tout bas ;
« Si ton sort, parmi nous, t'exile sur mes pas,
« Que les Filles de l'Air entendent mes promesses !
« Je ne faillirai point à mes blanches Hôtesses,
« Et toujours, sous tes pieds, ma vigilante main
« Écartera, pour toi, la ronce du chemin ! »
Et l'Enfant, à sa voix qui doucement soupire,
Comme s'il eut compris, s'éveilla pour sourire,
Et, longtemps dans la nuit, tout l'essaim des Esprits
Effeuilla ses pavots sur ce riant Pourpris !

Mais ton bonheur, Bertha, demain comment le taire
Au Prieur de Médoux, ton Confesseur austère,
Qui blâma tant de fois, au Tribunal de Dieu,
Tes faciles bontés pour les Esprits du Lieu ?

Que lui dire? et pourtant, au blanc lever de l'Aube,
Sous les murs du Couvent sa marche elle dérobe
Cachant entre les plis de son brun Capulet
Tout son bien désormais... ce cher Enfantelet !
Elle entre ; et, rouge encor de bonheur et de honte,
Devant l'Homme de Dieu sa veille elle raconte ;
Mais le grave Prieur, sans lui reprocher rien,
Lui sourit, au contraire, en lui disant : « C'est bien ! »
Puis, pour laver l'Enfant de l'antique Anathème,
Lui-même il le reçut aux Ondes du Baptême.
Pour lui trouver un nom, d'abord il hésita...
Et Berthe il la nomma du doux nom de Bertha !

Son nom ! donner son nom à l'Enfant blanc et rose
Qu'en pur Esprit des Cieux ce nom métamorphose !
Voir jouer, voir grandir sur ses genoux pesants
Ce jeune et frais espoir promis à ses vieux ans,
C'était trop de bonheur !... Mais d'abord quelle Mère
Viendra nourrir l'Enfant, hôte de la Chaumière ?
La Chèvre de l'étable, une Chèvre au poil blanc,
Lui prodigua son lait, doux nectar de Campan !
Et quand ce blanc Nectar tarissait sous sa lèvre,
On disait qu'une Fée, en place de la Chèvre,
L'allaitait en secret du lait de son amour ;
Mais Bertha restait triste alors pour tout le jour
En songeant que la Fée, invisible nourrice,
Qui lui légua l'Enfant, peut-être par caprice,

Par caprice pourrait lui reprendre ce don ;
Et comment vivrait-elle après cet abandon !...
Puis, un souris de Berthe emportait sa tristesse.

Que nos Ans, cependant, courent avec vitesse !
Cette petite Enfant dont j'ai dit le Berceau,
Pas plus grand qu'une Conque ou le nid d'un Oiseau,
Comme le blanc ramier qui brise sa coquille,
La voilà maintenant, la grande et belle Fille
A qui les Jours, les Mois, comme un Jour révolus,
Ont compté ses quinze ans, et peut-être un de plus !
La voyez-vous charmante, au retour de Matines,
Avec tous ses attraits et ses grâces mutines,
Dans le clos du Jardin qui borde le Couvent
Courir, aller, venir, ses longs cheveux au Vent,
Dire un joyeux bonjour à ses fleurs, à ses treilles,
A ses Ramiers voisins, à ses jeunes Abeilles ?
Regardez ! son Eden est là, dans ces Rosiers !
Que lui dit le Zéphir sous ses frais Aliziers ?
Rien encor ; car son cœur s'ignore encor lui-même,
Et sa Mère Bertha seule lui dit : « Je t'aime ! »
Ou si, vers le Couvent, quelque beau Damoisel,
Page de noble Dame, et portant son Missel,
D'un peu d'amour, d'un peu, bien tendrement la prie,
La voyez-vous, farouche et non pas attendrie,
Vers son doux Paradis d'où tout autre est banni,
S'enfuir toute tremblante en lui disant : « Nenni ! »

Ainsi la belle Enfant qui fuit et se dérobe,
Croissait comme un beau Jour qui suit une belle Aube,
N'ayant plus au Bonheur qu'à répondre : « Merci ! »
Mais la pauvre Bertha n'était pas sans souci.
Comme au bord de son Nid la Fauvette qu'effraie
Le moindre bruit de l'air qui tremble dans la haie,
Ainsi Bertha, toujours au guet dans son enclos,
Tremblait pour ce doux fruit d'une autre Mère éclos.
Et cependant le Temps, ce Vieillard qui chemine,
Jamais de tant de biens ne dota sa chaumine !
On eut dit qu'à l'envi tous les Esprits des airs
Se partageaient entre eux tous ses emplois divers,
Au dedans, au dehors, à l'Etable, à la Grange;
L'un remplaçait d'abord ce que l'autre dérange;
Que de Fleurs au Jardin ! de fruits sur les Pommiers !
Que d'œufs toujours éclos au nid de ses Ramiers !
Eh bien ! ce bonheur même ajoutait à sa crainte ;
Car les gentils Follets qui peuplaient son enceinte,
Pouvaient, pour la lui prendre, à sa jeune Péri,
Vanter les beaux Soleils d'un climat plus chéri !
Alors il lui semblait, sous l'eau de la Fontaine,
La voir fuir, à ses yeux, comme une ombre incertaine ;
Ou, loin du petit banc qui la voyait s'asseoir,
S'envoler tout à coup sur les vapeurs du Soir...
Hélas ! si cette crainte eût été la dernière !

Vous connaissez Médoux aux confins de Bagnère,

Ce paisible Médoux au feuillage mouvant,
Et son Parc, et ses Murs qui furent un Couvent,
Et son haut Chataigner portant si haut sa tête,
Et le Ruisseau fuyant de sa Grotte secrète,
Et qui va tout à coup, par un brusque détour,
Si près de son Berceau, se perdre dans l'Adour?
Sous cette Grotte, alors de branches étouffée,
Vaguait, à certaine heure, une invisible Fée;
Bertha, pour tout au monde, eût craint d'en approcher;
Mais la folâtre Berthe accourait s'y cacher...
Bientôt d'étranges bruits glissaient dans la ramure...
Etaient-ce les soupirs du Ruisseau qui murmure?
Je ne sais; mais quand Berthe accourait, en sortant,
Et que Bertha, le cœur de crainte haletant,
Se hâtait, pour connaître un secret qui la touche,
Berthe posait soudain son doigt blanc sur sa bouche,
Et Bertha comprenait, non sans se désoler,
Que les Esprits jaloux l'empêchaient de parler!

Mais Berthe, jusqu'alors plus vive, plus folâtre,
Que le Follet de Nuits qui sautille dans l'âtre,
Berthe dont nul souci n'avait pâli les traits,
Déjà vers ce Berceau porte ses pas distraits.
Vainement ses Pigeons, ses blanches Tourterelles,
Attendent son Appel du haut de leurs tourelles,
Leurs jeux, à ses regards, ont perdu leurs douceurs;
Sa bouche ne dit plus à ses Roses : « Mes Sœurs! »

Et Bertha tristement lui répétait : « Charmante !
« Qu'as-tu? quel est ce mal qui tout bas te tourmente?
« Parle; serait-ce point quelque Gnôme méchant
« Qui t'aurait tout à coup fait peur en approchant?
« Parle ; le Saint Prieur qui connaît leur malice,
« Par l'austère vertu de son humble cilice
« Et ce nom du Très-Haut dont l'effet est certain,
« Saura bien t'affranchir d'un trop hardi Lutin. »
Et Berthe, pour calmer la bonne et tendre vieille.
Cherchait à s'égayer, comme elle eût fait la veille;
Mais sa gaîté n'était que l'éclair d'un moment ;
Berthe alors, pour pleurer, s'éloignait tristement,
Et Bertha qui la voit : « Hélas ! se disait-elle;
« Sylphide, elle s'ennuie au sort d'une Mortelle!
« Comment se plairait-elle à nos jours de douleurs?
« Le Soleil de nos Jours n'est que l'ombre des leurs !
« Le Papillon, honteux de sa forme première,
« Brise son enveloppe et cherche la lumière ;
« Et de l'Arbre, où flottait le nid du Rossignol,
« L'Oiseau chante à l'Aurore et prélude à son vol.
« Pauvre Ame ! ainsi les Airs sont ta douce Patrie;
« Hélas ! il te souvient du Pays de Féerie ! »

. . . .

Mais Berthe cependant, atteinte au fond du cœur,
Sentait, de jour en jour, s'accroître sa langueur ;
Avez-vous vu jamais, quand des airs elle tombe,
Sous le plomb du Chasseur s'abattre une Colombe?

La Pauvrette qui veut et ne peut plus courir,
Dans le creux du sillon se cache pour mourir :
Ainsi Berthe, pour fuir sa vague inquiétude,
Sans pouvoir fuir son cœur, cherchait la solitude.
Mais quel est donc ce mal dont son cœur est miné ?
Bertha crût un moment avoir tout deviné ;
Et son espoir craintif emmiellant son langage ;
« Pourquoi rougir d'aimer? c'est la loi de ton âge ;
« Vois ; la Vigne s'enlace aux branches de l'Ormeau ;
« L'Oiseau cherche l'Oiseau sous le naissant rameau ;
« Et, sous nos humbles toits, qui donc ne serait fière
« En te donnant son Fils, de s'appeler ta Mère ? »
Mais Berthe, au seul soupçon qu'elle aimât un Pasteur,
Relevait tout à coup sa tête avec hauteur ;
Et déjà tont l'orgueil d'un sang qui se mutine
Venait plisser sa lèvre et gonfler sa narine.

. . . .

Mais sa Mère a raison ; Berthe a beau se fâcher ;
Si son cœur est trop fier pour aimer un Berger,
Elle aime ; ou bien pourquoi ses larmes étouffées ?
Pourquoi ses Rendez-vous dans la Grotte des Fées?
Pourquoi, lorsqu'elle sort du magique séjour,
La surprend-on rieuse, ou triste, pour le jour ?
Pourquoi ce nom, tout bas, qui la charme ou l'irrite?
Pourqnoi, dis-je, effeuillant la Fleur de marguerite,
A son dernier fleuron qu'elle arrache soudain,
La voit-on dire : « Il m'aime! » et bondir comme un Daim.

Oui Berthe aime d'amour ; mais qui donc aime-t-elle ?
Un Berger, c'est trop peu pour la jeune Immortelle !
Mais si, vers cette Grotte, un Sylphe aux blonds cheveux,
Avait déjà reçu ses timides aveux ?
Si le céleste Époux attend sa Fiancée ?
Si, par un beau matin, dans les airs balancée,
La jeune Reine, aux yeux d'un peuple de Lutins,
S'enlevait, comme un Rève, en leurs palais lointains...
Ah ! pour Bertha déjà c'était plus qu'une crainte !
Le saint Prieur pourtant, souriait à sa plainte ;
Et Bertha ne sachant désormais qui prier,
Se disait tristement : « Ils vont la marier ! »

Dès lors tout son bonheur disparut comme un Rève.
La vague qui gémit, en mourant sur la grève,
Le Rossignol qui pleure, et raconte aux échos
Ses Petits arrachés du nid à peine éclos,
Rien de ce pauvre cœur n'égala les tristesses.
Alors, les yeux levés vers ses blanches Hôtesses ;
« Cruelles ! disait-elle ; ah ! reprenez vos dons !
« Sous mes toits embrasés promenez vos brandons,
« Puisque ma seule attache aux biens de cette vie,
« Par vous que j'honorais me doit être ravie ! »
Et ses larmes coulaient ! Mais Berthe au même instant,
Accourait, l'embrassait, pleurait en l'écoutant ;
Et, comme un flot mutin qui vient et se retire,
Vers la Grotte, en fuyant, elle entrait sans rien dire,

Puis revenait tout-bas, puis s'éloignait encor,
Pareille au jeune Oiseau qui va prendre l'essor,
Et qui, nageant dans l'air, d'une aile encor rebelle,
Se rejette, en tremblant, au nid qui le rappelle !

Mais un jour... O malheur plus dur que le trépas !
Bertha cherche sa Fille et ne la trouve pas !
Un noir pressentiment sur son âme retombe..,
A-t-elle fui du Nid la volage Colombe ?
A-t-elle fui ? mais non ! Bertha craint d'y songer ;
Elle vole, en tremblant, du jardin au verger,
Du verger au jardin ; cherche, interroge, écoute.
Son malheur trop réel ne permet plus le doute.
Oh ! comme sa chaumine où riait l'humble seuil,
Se remplit à ses yeux de silence et de deuil !
Comme ses beaux Ramiers, descendant par volées,
Couraient lui demander, épars dans les allées,
La Fée à l'œil si doux qui venait, le matin,
Éparpiller la graine offerte à leur festin !
Comme tout cet Éden, cette onde qui murmure,
Tous ces chuchottements de l'air dans la ramure,
Semblaient redire au loin, de l'arbuste à la fleur,
« Où donc est sa jeune Ève? où donc tout son bonheur?»
Hélas ! on aurait cru, tant chacun la regrette,
Qu'un Enchanteur méchant, d'un coup de sa baguette
Suspendait de ces Bois l'harmonieux concert,
Que le Bonheur s'envole, et tout devient désert !

Mais d'un dernier espoir tout à coup emportée,
Bertha vole au Jardin, vers la Grotte enchantée
Où Berthe, dès le jour, vient peut-être d'entrer ;
Elle arrive, et d'abord tremblant d'y pénétrer.
Sa douleur, du dehors, lui criait éperdue :
« Berthe ! Berthe ! réponds ! m'as-tu pas entendue ?
« Parais! viens dans mes bras ! réponds-moi seulement!
« Peux-tu donc me laisser dans cet isolement ?
« Mais t'arracher à moi, c'est m'arracher la vie !
« Méchante ! par qui donc serais-tu mieux servie ?
« Qui mieux que sur mon sein pourra donc te bercer ?
« Mais peut-être, après tout, j'aurai pu t'offenser...
« Pardonne à mes vieux ans ! la Vieillesse est morose;
« Reviens, reviens à moi, mon doux Bouton de Rose !
« Ma Mignonne, reviens ! hélas c'est trop souffrir !
« Berthe ! tu ne veux pas me voir ici mourir ? »
Mais tandis qu'au dehors elle prie et sanglote
On eut dit qu'une voix, du profond de la Grotte,
La voix même de Berthe, avec l'écho du lieu,
Lui disait en fuyant : « Adieu, ma Mère ! adieu ! »
Et Bertha s'élançait, dépouillant toute crainte...
Quand tout à coup, au seuil de la magique enceinte,
Le grave et saint Prieur apparaît à ses yeux,
Lui disant : « Dieu le veut ! » et lui montrant les Cieux !
C'en est fait ! son aspect lui dit tout le mystère !
Plus de doute ! du Ciel ce Confesseur austère
Ayant épié Berthe et ses doux rendez-vous,
Rallumant à l'Autel des Foudres en courroux,

Sera venu, contraint par le Ciel qui réclame,
De son beau Paradis chasser cette pauvre Ame !
De là ce cri de Berthe au moment de partir ;
De là son triste adieu qui vient de retentir !
« Mon Dieu ! » songeait Bertha toujours plus désolée,
« Mon Dieu ! la voilà donc de la Terre exilée
« Au séjour des Autans, des Foudres, des Frimats,
« Parmi ces Cieux muets qu'elle ne connait pas !
« Parmi tous ces Lutins, Peuple plein de malice,
« Qui n'a, pour se régir, de loi, que son caprice,
« Et dont l'Amour bientôt se transforme en mépris !
« Et je ne pourrai plus accourir à ses cris !
« Et je ne pourrai plus, soutenant son corps frêle,
« Chauffer ses petits pieds tout meurtris par la grêle !...
« Mais de ce corps charmant s'ils ont pu la bannir,
« Son Esprit invisible au moins peut revenir !
« Viendras-tu point à moi, Berthe, ma bien aimée,
« Me murmurer ton nom à travers la ramée ?
« Viendras-tu point, tout bas, au déclin d'un beau jour,
« Revoir ta pauvre Mère et ton premier séjour ? »
Puis, à ce faible espoir, un moment soutenue,
Elle prêtait l'oreille au souffle de la nue
Quand, vers les Monts voisins, le beau Sylphe Obéron
Appelait chaque Fée, au bruit de son clairon
Elle espérait toujours, qu'à sa cour échappée,
Berthe viendrait sourire à sa douleur trompée !
Mais non ! rien ne venait ! les airs étaient sans voix ;
L'Oiseau seul, en fuyant, gémissait dans les Bois !

« Aux bras de son beau Sylphe, hélas! elle m'oublie! »
Songeait alors Bertha, dans sa mélancolie ;
Et son cœur débordait de ses larmes trop plein!...
Mais déjà les beaux jours penchaient vers leur déclin ;
Dans l'enclos désolé le Ruisseau de la Grotte
Roulait, en frissonnant, son onde qui sanglote,
Et l'Automne, expirant sous un Ciel sans chaleur,
Effeuillait sa guirlande et sa dernière fleur!

C'est l'hiver! c'est Minuit! c'est la Nuit ou les Fées,
Visitent le Vallon, agitant leurs Trophées!
Aussi, comme Bertha, quand l'Airain dit : « Minuit! »
Entr'ouvre, en se hâtant, le seuil de son réduit!
« O ma blanche Péri! reviens, murmurait-elle ;
« Le Grillon du Foyer lui-même te rappelle!
« Viens! ton Bonheur quinze ans s'assit à ce foyer ;
« Mon nom fut le premier que tu sus bégayer ;
« Vois donc! pour ton accueil, tout prend un air de fête ;
« Déjà le feu pétille et la table s'apprête!
« Si tout regard mortel t'offense ou te déplaît,
« Ne crains rien ; je saurai baisser mon capulet,
« Je tiendrai mes yeux clos ; j'étoufferai ma plainte,
« Quand mon vieux cœur devrait se briser sous l'étreinte;
« Mais une fois encor, Colombe du hameau,
« Reviens poser ton aile où posa ton berceau! »
Et la blanche Péri qu'évoque sa prière,
Dans les airs assoupis semblait lui dire : « Espère! »

Espérer ! songeait-elle : hélas ! mais quel Autel
N'a vu monter sa voix vers la Reine du Ciel
Qui jadis éprouvée à nos peines amères,
Entend pourtant là haut tous les soupirs des Mères !
Pauvre Bertha ! tes vœux se sont-ils exaucés ?
Tous les pleurs de tes yeux ne sont-ils pas versés ?
Son deuil se mêle au moins au deuil de la Nature ;
Mais quand le Renouveau (1), le front ceint de verdure,
Éveillant le bourgeon sur l'Aubépine en fleur,
Vint rajeunir le Monde à sa tiède chaleur,
Lorsque tout ne fût plus qu'amour et qu'allégresse,
Ah ! ce bonheur de tous, montrant mieux sa détresse,
Elle disait aux Fleurs : « A quoi bon vous rouvrir ?
« Celle que vous cherchez ne vous voit plus fleurir ! »
Elle disait aux Bois, à l'Oiseau qui s'éveille,
Au Printemps parfumé des dons de sa corbeille,
« Pourquoi me rappeler des jours trop pleins d'attraits ?
« Laissez-moi ; votre joie insulte à mes regrets !
« Et vous, méchants Lutins, pour qui son cœur m'oublie,
« Qui ricanez là-bas, sous la branche qui plie
« Quand, parfois un Zéphir, en traversant l'enclos,
« S'enfuit, pour vous porter ma plainte et mes sanglots,
« Ah ! dites-lui du moins, dites à la volage
« Que je meurs de sa perte, et non du poids de l'âge...
« Mais non ! vous vous tairez !... et pourtant ces vieux os
« Tressailleraient encor dans leur dernier repos,

---

(1) Nom que les anciens Fabliaux donnent au Printemps.

« Si l'Ingrate, un moment, sur ma cendre penchée,
« Venait fouler la Tombe où je serai couchée ! »

Pauvre, pauvre Bertha !... mais voilà qu'un matin,
Sur le seuil de la Grotte elle a cru voir soudain...
Ce n'est pas une erreur... Dieu ! c'est Berthe elle-même,
Abandonnant sa main au beau Sylphe qu'elle aime,
Tendre, les yeux noyés d'espérance et d'amour !
Tous les Lilas en fleur s'inclinaient à l'entour ;
L'Oiseau chantait plus bas ; l'Onde à peine soupire ;
D'indicibles langueurs chargeaient l'air qu'on respire;
Et le beau Couple alors, vers Bertha s'avançant,
Vint fléchir le genou près d'Elle, en rougissant ;
Et Bertha croit rêver... et son regard hésite...
Quand le grave Prieur qui marchait à leur suite,
Et qui paraît lui-même à ses regards troublés,
Souriant à Bertha, lui dit : « Bénissez-les !...
« Cette Enfant, en naissant à notre vie amère,
« Sans vous, tendre Bertha, n'eut jamais eu de mère ;
« Blanche de Montpésat, en lui donnant le jour,
« Remit seule en mes mains ce fruit de son amour ;
« Elle mourut... et moi, pour cacher l'Orpheline
« A l'avide Parent qui tramait sa ruine,
« A mon tour, en secret, je la mis dans vos bras,
« Bien sûr que votre amour ne lui manquerait pas.
« Puis, naguère, en ces murs la croyant poursuivie,
« Pour vous la rendre encor, mes mains vous l'ont ravie.

« Mais ce Parent n'est plus, Berthe a repris ses droits;
« Regardez! son beau Sylphe est un Mortel, je crois!
« Ce noble Chevalier, à qui, par la pensée,
« Sa mère, en expirant, jadis l'a fiancée,
« C'est Gaston de Béarn promis à son hymen,
« Et qui vient aujourd'hui vous réclamer sa main!
« Bénissez-les, vous dis-je, et que le Ciel lui-même,
« Bénisse, en l'approuvant, mon heureux stratagème!»

Comme au premier moment qui suit un long sommeil,
Quand les sens étonnés doutent de leur réveil,
Ainsi Bertha ravie, et quelque peu confuse
De tous ces Songes vains où son Esprit s'abuse,
Comprit, en abjurant leur prestige menteur,
Que l'honnête Prieur fût le seul Enchanteur!
Mai[illegible]lphide hélas, devenait grande Dame,
Et p[illegible]. un nuage passé sur son âme!
Mais Berthe qui la suit de ses yeux caressants,
Qui peut payer, d'un mot, tous ses soins de quinze ans,
Bien loin de rou[illegible] d'Elle et de l'humble chaumière,
Se jeta dans ses bras en lui disant : « Ma Mère! »

FIN.

www.ingramcontent.com/pod-product-compliance
Ingram Content Group UK Ltd.
Pitfield, Milton Keynes, MK11 3LW, UK
UKHW021154230726
13926UKWH00001B/113

9 782014 060645